Un vistazo al mundo de los animales

Lada Josefa Kratky

NATIONAL GEOGRAPHIC LEARNING | CENGAGE Learning®

Nueva
Zelanda

Vivimos en un mundo lleno de animales maravillosos. Uno de ellos es el kiwi. Es un pájaro del tamaño de un pollo. Tiene alas muy pequeñas, pero no puede volar.

En la punta del pico tiene algo como una nariz que le sirve para oler. Así busca gusanitos para comer. ¡No le gustaría pasar por donde pasó un zorrillo!

Borneo

El mono narigudo tiene una cara rosada y una nariz tan grande que parece exagerada. Si se exalta hace un sonido muy fuerte. Come tanto que se le hincha la panza.

El elefante es el animal más grande que vive en tierra. Alcanza un peso de hasta más de 10,000 kilos. Sabe nadar y corre rápido. Pero el elefante no puede saltar.

ÁFRICA

El avestruz es un pájaro enorme.
Come hierba y caza insectos. Pone
el huevo más grande de todos los
pájaros. ¡El huevo es del tamaño
de un melón!

El avestruz es más rápido que un caballo. El macho ruge como un león. ¿Para qué hará eso? Será para asustar a sus enemigos, ya que no puede volar.

Cuba

Estados
Unidos

El zunzún es un pajarito muy
chiquitito. Pesa menos que una
moneda. Usa su pico largo
para tomar néctar.

El zunzún bate sus alas para calentarlas antes de empezar a volar. Puede volar para arriba y para abajo, para un lado y para el otro, y hasta en reversa.

▲ **El wapití es uno de los venados más grandes.**

▲ **El dicdic es uno de los antílopes más chicos.**

Hay muchos diferentes venados y antílopes.

La ardilla es un animalito muy olvidadizo. Esconde semillas y luego olvida dónde las ha dejado. Las semillas olvidadas llegan a ser árboles enormes.

Sí, hay muchos animales maravillosos. ¿Sabías que la hormiga no puede dormir? ¿Sabías que el caballito de mar es el pez más lento? ¡Hay mucho, mucho que saber!